uta
こめでぃあ uta

蜆シモーヌ

書肆 子午線

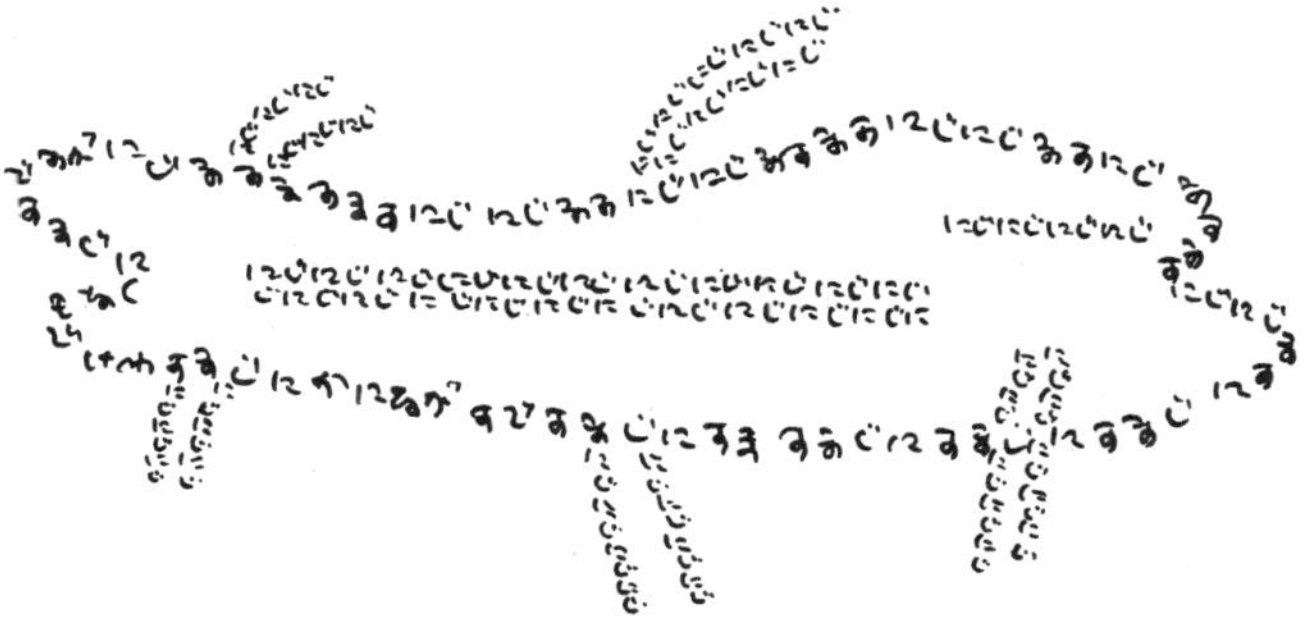

扉絵「にじますもじになりすます」

uta こめでぃあ uta

おんぶ　れ、

さよなら、さよなら、さよ
う
なら。
まちは
光りすぎて残酷だ
かなしい
水。
の、ような
顔の
うえを
つめたいねおんがすべりおちていく

おんぶ　れ、おーん

ぶれ。
おんぶれの
ひだ。にそって　おんぶ　れ、は　花ひらくうれいの
影。と、
なり
いつくしみ
ふかく
夜。の、ねおんのまちに
まいおりる

あれ。は、おりたたまれた夢の処方箋

よめない
ことばでかかれた
影。は

一〇〇年かけてふりつもる
いまにも
くずれおちそうな
まちゆく
顔
の、うえを　ふい、に
ささらぐ
なつかしさのように

おんぶ　れ、が
雪。
の、ようにふりつもる

あ。し
んしんと

しんしんと
ひとしれずよみとれる影。と、なり
あ。し
んしんと
今夜
おんぶ　れ、おーん
ぶれ。
おんぶれに
まぎれ
ねおんのまちに
きみは
ふりつもる

おんぶれ *ombre* フランス語で「影」の意。

LUCKY小籠包。かみんぐ。うぃーくえんど

しぼりたて
ハイ
テンションで
LUCKY小籠包。は
大賑わい
Y。Y。よーこさん
ヘンリー
ミラー。に、虹をかける
横で
福。福。ろぶすたー
まっ
蟹
ぼいるーされて

あ、
しゅら。に、なるみっどないと
この
すばらしき
世紀末

臨時ニュースを聞いていた

西から
ウォッカのナイフが
やってくる
南から
モルヒネづけのダックが
やってくる
憐れ

ハンバーグは
元祖の
名。を、うばいあい
ケチャッ
ぷ。の王様は、ふるーちん。るーちんで
まわる
ルーレットに
愛人
ろーりえ、と　くれそんの
こめかみは
うち
抜かれる
いとし
ミセスヴァレーヌィクは
家を失い

パイ
ナップルは
分裂し
食卓。の、マリアはこなごなに
ちって
サラダドレッシング
理念化し
涙。の、ガソリンに怒りの
炎は
もえうつる

ぼくの誕生日に戦争がはじまる

世界の谷になった
地下鉄

ふりつもる
雪。祈り
傷だらけのオルガン
ふりつもる
四重奏
眠る子どもたち
神よ
つめたくなった手足
お揃いの靴下
白いカチューシャ
汚れた
パン、
戦車。ちぎれた
黒い海
はだしのバレリーナ

折れた
翼。
神よ
東から
ケチャッ
ぷ。主義者たちが、やってくる
北から
覆面マトリョーシカが
やってくる
あぁ、
なんて
まちがいをおかしてしまった
ぼくたちの
ことばは
だめになりました

この罪を
贖う
ことばはまだあるか
ミセス
ボルシチ、こたえておくれ
なんて
おそろしい
なんて
ぼくたちはうそつきなんだろう

おーーぅい、こさっくままーい。
おーーぅい、こさっくままーい。

臨時ニュースを聞いていた

ＬＵＣＫＹ小籠包。　は
大賑わぃ
飽和するネオンと
笑う
し　ゅーー
てぃんぐすたあ
あした
ここにやってくるのはうぃーくえんど
そして、今日

ぼくの誕生日に戦争がはじまる

ろーずずろーすとろーすとびーふ室内ぷれい。は、びすとろで

レヴィ。　が、かくれ　神はよばれている
びすとろで
ま、ま、内内に
びーふが、ろーずに。ま、じょーずに
こういった

愛。は、あらびあーたのように熱しやすくさめやすい

ろーず
すろーにずろーすおろし
信心。
ろすとすると
びーふが

心、
入れかえに軽くろーすとしてくる
そういって
椅子。
求め去った荒れ地のかなた

レヴィ。　が、あらわに立っている

よし、いいだろう
審判の
美とーふ
レヴィ。を、みとめるなり
いいだろう
汝。と、ろびーでみねすとろーね　　と
ぷれい

用語。しれっと
さーぶして
それを
レヴィ。が
かなたでとするすると
帰ってきたろーすとびーふ、十字きってきれいに
あわせ
ろーずに
洗礼。
あたっくする

愛。は、なかまであつく調理されました

美とーふ
幸みで

さっちし
神託さずかると
回心。
ろーずが
レヴィ。に、うぃんくする

すると
レヴィ。は、まとい
み空から
椅子。
ろーるすろ
いえ
す。ろいやるぼいす、で
降臨し
びーふが、ろーずに。ま。ふつーに

こういう

あれに乗ろう、乗るんだびくとりあ。愛に逃げるのさ

ぼくたちは
誓いの
くっちびるして
ろーるすろ
いえす。に、乗りこんで
走る
荒れ地の
おるたねーとし　てしてし　ててし　しててして。ててし、て
サラダ。
に、して
食べる

神は肉。に、ねむり光はマヨネーズ。に、たくわえられる

ぼくたちは
真の
マヨネーズにみちびかれ
食べる
あーめん
お祈りするびすとろで
そー
ばいぶ　る。に
推す
神。を
びすとろでおしみなく、推し
神。

を、好き放題食べ
まくる
んだ
ば　ぶー　生まれたての　　ぶ
れない
心。
で、でざーとしに
いけ
ばべる　の、地下室へ
いそげ
逃げ
ばべろ。愛。に
夜明け
は、ちかい

びすとろ
室内には、恵みの
光。
ふろーふろー　神。は、予告なしふろーふろー
大陸。は
欲望を
つかさどるふろーふろー
どこまでも
大陸。を
つかさどるものをつかさどるもの
だって
ふろーふろー

ずん。よー
ぐると

に、して

食べ　食、たべ　ばべる

どうぞ
ひとりひとりのお腹に、ひとりひとりの神。を
光る
マヨネーズのみちびきの
もとに
レシピを手にし
ゆるぎない
レシピに生かされ
て、
逃げる
のさ、愛。に　くれぐれもお腹を

たいせつに

神に誓って、

ここだけの話。これからは食べられる神の時代です。みなさんあんちぐにむわ。

ほんじつせいてん。うんてん。おっ
たま。
きはる、わ
ん、
っ玉きよったわ。
んぱち
おっ
玉
じゃら　じゃ
打っちに
いそしむわ。んぱち
打ち
んぱち、玉。

きよるわ
ん
っぱち、んぱち

しかし、ぱちんこも
ちょいと
やみつきになるね
つまり
なんだな
おおぜいのなかにいながら
あん
ちぐにむ
わ。の、
境に入るよ

そこにあるのは
じぶん、と
玉。
だけだ
世のなかのいっさいのわずらわしさから
はなれて
ぱちん、とやる

そのうち
玉のむこうにみえてく
る。
つ、ち
ぜん
ぽうへ　すりーふぉーふぁいぶ　しっ
くす

でぃめんしょん。し
玉ごと
からだごと
ぜん
ぽうへ
むげん。に、おくりこまれていこうとす
る。
っ、ち
むげん。に、そうこう
するうち
だれだって
あん
ちぐにむ
わ。の、
境に入るよ

ぱらいそ　ぱらいそ

じょうほ
うへ　いれぶんとぅうぇるぶさーてぃーん　ふぉー
てぃーん
えれべーしょん。し
玉ごと
からだごと
む
に、なるねやみつきになるね
あれじゃ
だれだって
あん
ちぐにむ

わ。の、
境に入るよ

ぱらいそ　ぱらいそ

あらら
ろ。　ろ　。　　ろ。　　　　ろ
玉に
洗われて
ろ。ろ　。ろ　ろ
あらやだわ
ん
ぱち
あたしわかったの
やっと

いん
ちめいと。な、ぷりみ
ちぶな
えんりょや、てーさいのない
もっと
楽なきやすさ
あたし
やっとわかったの

そお
よかった、じゃ
ん
ぱち
じゃら
むが。

ん、ぱち

じゃら
む。が、じゃ
あれじゃ
だれだって
あん
ちょく
にむ
が。の、
境に入るよ

ぱらいそ　ぱらいそ

天。にも
のぼる
境に入るよ

しかし
なんだね
いちど境に入るとわかるもんだね
そこにあるのは
じぶん、と
玉。
だけだ
玉が
じぶんで、じぶんが
玉だ
なんの対決もそこにはない
つまり
なんだな
ま、
ぱちんこには

その、
習慣との対決がないね
だから
あん
ちょく
にむ
が。の、
境に入るよ

ぱらいそ　ぱらいそ

天。にも
のぼる
境に入るよ

ばかね。あたし
いままでわからなかったの
ごめんなさい
いん
ちめいと。
な、
ぷり
みちぶな
えんりょや、てーさいのない
もっと
楽なきやすさ
ばかばかしい対決の、ない
暮らし
あなたとあたし。たして
ひとつの

暮らし、なの
ね。
あたし
わかったの、やっといま
あん
ちぐにむ
わ。の、
境に入った
んぱち

ぱらいそ　ぱらいそ

うれしいわ

あん

ちぐにむ
わ。

おいしいわ

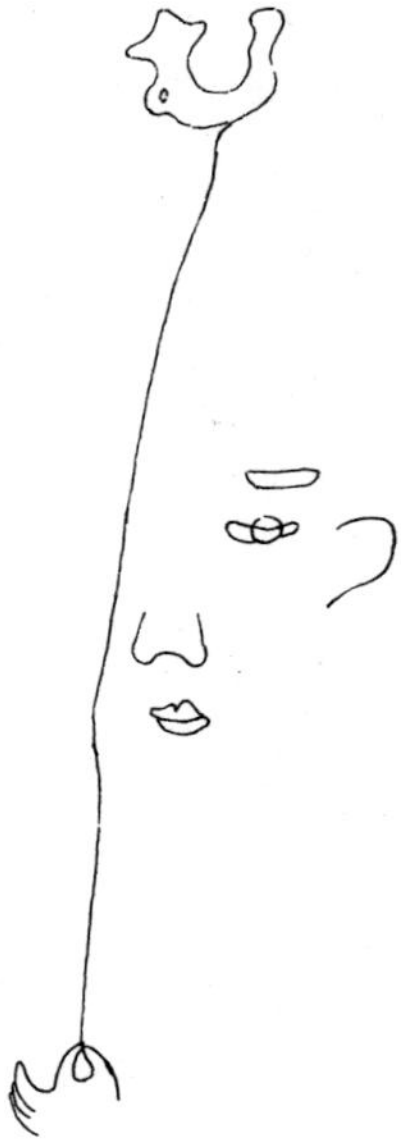

小津安二郎の映画『お茶漬の味』より台詞を借用しています。

ランチもっと、う。まうまなランチを。地獄で

えげれす帰りの、鶯谷で
Y。
字路にさしかかる
宣教師。
いかにも団地もっと、う。まうまな団地妻と。ぴーこっくで　というふんいきの
かたまりが
だっち、
ろーるでせまりくるさなか
そりゃー
うまいだろ、人生は。と、人生がいう
なに。
人生はうまいのか
じゃー

ま、どれひとつ、と
宣教師。
そいつをつまみにかかると
そりゃー
まずいだろ、人生は。と、人生がいう
じゃ、なにか
人生は
空耳なのか。と、鼻をつまむと
そりゃー
地獄だろ、人生は。と、人生がいう
宣教師。
やおら、めまいして
こりゃー
おそれいりました、と
おどろき

あきれすぽんすしま蒸し鱈
麻ー
ニラ玉。辣ー
担
じゃおろー
酢ー。さんらーぴー
たん
ぺ。ち
きんだっく、群
です
てぃにー。の、てーぶるで
まわりだし
ランチもっと、う。まうまなランチを。地獄で　という感じの
かたまりが
いかにも

人生。の、かおして走りだす
渚。
いきなり
白い尻だし
宣教師。
あとを追いかけ
あわや
ハッキョーしかけるも、カン（いっ）パ（つ）チ
十。
字の、光。こぼれお　ちー
ちー
鰤鰤に
海馬。
ふくらま　しー
しー

覚醒。の、
涙して
アナタハ、カミヲ鰊。虹鱒かーあ？
人生
つかまえて
にわかに
愛をうったえにでるも
や、
それをゆーなら
あんた
鯖。メバル、だろ。人生はエビ（きびしいぜえ〜）と、人生がいう
もんだから
もう
鱈。レバー、も霜（ふり）の、うまい話は
つーよー

思想もなさそー（せーじ）な
ぴんち
丸出しの宣教師。　　に、人生は

まがおで
こう
いった（鯰。）

まず、心を磨け。

さ（ー）も（ン）なけりゃー　おし（う）まいなんだよ、人生は。

宣教師。
あわふいて
たちまち、むね痒くなり

心。三日
、掻いテ　クマクマヤ（昆布）ーたれ
海辺の
教会。に
かけこんだところ
この、イカ。
さんま。お新香なすの、あん（肝）ぽんたん
つぎの
終末までかえってくんな、この、この
おっぺけ
ぺてん（津飯）
と、
足蹴（そ）にされ、そのまま
島流し。

そりゃー
あんた
いま。が、人生のわか（れ）め（スープ）だろ。

と、人生がいう

あなりーの　んたまりーの

せやから
でるでるう　ゆうて
それ、
でてくるで
でるでるでるう　ゆうて。まだ、でてけえへんで
せやけど
もー
ぼちぼちでてきよるで、ほんまやで

あなりーの　んたまりーの

せやかて
でるでるう　ゆうても

どおでてくるか
っ、ちゆうの。を、しらんとやね　これ。いっこもおもろないしやな
予習しよ。
ええか
よっしゃ
ほな、
いくで。まずな。さいしょのさいしょに、くだが
はえてきよんねん
せやから
管。が
はえてくんねん
まだ、のーみそもできてへんころにやな。くだが
はえてきよんねん
ほんでな
このくだがや

ほんまに、
ええくだしてんねんやんか
しょーらい。
のーみそになるぱわーさえひめてんねんやんか、ほんでな
このええくだがや
な。な。
んたまりーの、おっぱじめよんねん
な。
ここ、ええか。よおきいとってや、このええくだの
ひょー皮がやね
こお
まあ、その～お　おっふっふ
なんちゆうか
せやから、そのお
こお

ぷっくう。
ふくらみよんねんやんか、ぷっくう
こお
袋じょーにふくらんでやなあ。さゆうに、むんにゅうのびていきよって
できるの
これ
なによ
がんぱいやないか
な。
ええくだが、ぷっくうふくらみーの。むんにゅうのびーので
でてくるのが
がんぱいや（神ぱい。ちゃうで）
ほしたら
そのな、このがんぱいがや。こんどは自律的分化ゆーのをおっぱじめよって
やね

杯じょーに
くぼみよんねん
やんか
ぱい。だけに

　あなりーの　んたまりーの

ほんで、なに。
このがんぱいがいわゆる二次発生体になってやね、がんぱいと
接っ
してる未分化のひょー皮に
ええ感じに
はたらきかけよって
うまいこと陥入おこさせはんのよ
こお

せやから、その～お
おっふっふ
こお
んっ　くーんゆうて、くいこみよんねんやんか。な。
なんなん
や、せやから、な。
これ
なんなんて
そら、もー　あんた
われめ
やないの、そんなもん。われめ
やで、ほんま
すごいことなのよ、これ
なにがすごいて
そら、もー　われめはきざしなのよ

きざしは
めざめなのよ
さらに
われめはわかれめなのよ
わかれめゆーたら
これ、覚悟きめるゆーことよ
われたら
覚悟きめなしゃーないのよ。あともどりは、できひんのよね
もー
めざめるしかないのよ、そーゆー
運命。
やないの、これ。せやし
われめがうんめーのしてわかれめーのしてめざめーのってことなんや、泣けるでほんま
ほんで
うんめーのわれめーのして

でてくるの、これ
なによ
水晶体やないか
でるでるう　ゆうて、ほんまにでてきたやないの。せやから
ゆうたでしょ
でるよおでるよおて。な。な。
ほんで
この水晶体がやね（ぼちぼちやで、もーちょいやで）
こんどは
三次発生体に
なるしやな
そんでもってこいつと接っしてる未分化の間質細胞にはたらきかけよってやね
ええ感じで
さそいだしてくるの、これ
なに

角膜やないの
　あなりーの　んたまりーの

ほしたらな
ここで、さっきのがんぱいちゃん。水晶体、ぐるーり　とりかこみますわ
ほんで
ふたたび自律的分化おこしよって
ここで
またくぼみよんねん
せやから
くぼみよんねん、くぼみよって
できた
そのくぼみの内がわに
網膜

さそいだしてや
くぼみの外がわのほうには、 色素層ゆーのんをけーせーさしてやな、 おー
ほっほ
もーえらいこっちゃやで
これ、
どないやねんて

　あなりーの　んたまりーの

せやから、 せやで
くぼみーのさそいだしーのくぼみーのさそいだしーので、 めざめーのしていくやんか
これ、
もとをたどれば
くだやんか
せやから、 くだゆーことは、 あなやんか

穴。
やて
せやから、あなりーの　やん（もりあがってまいりました）せやし
くだりーのあなりーのが
ぷっくう
ふくらみーので
くぼみーのわれめーのして
器官
さそいだしーので。また、くぼみーのわれめーのさそいだしーのして
ようやっとでてくるの
はい、
なんなん

めー　やん

目ー。やん　でたやん、やっと。
んたまりー
のは、
めんたまりーの　やん

　あなりーのめんたまりーの

や、せやけど、もしやで（これさいごや）もーーし、くだが
あなりーの
せーへんかったら　どー
なったおもう
そら、
めんたまりーのせーへんかったで
そんなもん
もしやで、めんたまりーのせーへんかったら

でるでるう
ゆうて、なんも
でてけーへんかったゆーことになってもうたわけやしな
せやけど、
ようかんがえてみてよ
目ー
ゆーのんはね。
なんもでーへん／なんかでよる　の、この、　こーーのわれめで
いま
まさに、んたまりーのしつづけてるわけやんか
せやから、これ
たま、たま
くだが
めんたまりーのしてみせたゆーだけの話。なのよ
たま、たまなのよ。たまたま

ゆーたら
もー、これ　はずみなのよ。　せやけど
目ーは
はずむのよ
せやから、はずみーのでめざめーのやないの（いよいよやで。いよいよやで）
目ー
ゆーのんは、目ー　ゆーのんは
な。
なんもでーへん／なんかでよる　の、このわかれめで
いちかばちかの
賭けに
でていくのよ
そー、はずみにいくのよ。
たとえ
しっぱいしてやね、すかくうかもしれへんくても。　どーしたって

でて
いくのよ
うんめーのわれめーのして
なんかでるほー　へ
みずから
むかっていくわけよね
なんならやで
もー、これ、なんならやで
めんたまは
もー
どっちに
ころぶかわからへんわれめそのものにすすんでなるゆーことなのよ
これ、なによ
もー
そんなもん、あんた

あなきずむ
に、きまっとるやないの、そんな
もん
たまりーの
のーめんまんたりーあ。あーめん　まりあーな、やし。ほんま、なんやろか、わし。よー
いわれへんけど
ま、ま。
正味。そこは、こんちまたこれ。
ほれ、
でるでるうやで、ほんま。おめでとう讃。
なんやで
これ、
せやし、ほんま。　ありがとう讃。なんや　な。あーな　あーな　あーな

崇高なぱる。こ、っしゅ

もひかん狼。が
へい
もえている
稲妻。
もんぶらんのしろいぴーくで
光る
こ、
っしゅ。の、
聖なるみちびきとともに、もひかんの
内実。が
ここに
あきからかになる
へい

もひかんのなかには天才。が、住んでいる

S級帝王切開を夢みる

んー
これぞ、激あつ
もひかんの
真相。
そうさ
今、
このもひかんのなかに住む天才。は
みずからを
すく
ーぷし
に、ここへやってくる

いえす
まず
天才。は、匂う
し
　それは、すかとーる。つまり、いんどーる誘導体によるものですが
なにより
とても
そこからでたがっている。って
ことは
とうぜん。
これ、
さいん。が、きて
収縮
なぱる。

ないしは、なぱる。こ
するに
きまってる
そも、
狼。だけあって
せけんの
豹。なぞ、てんでおそれもしない
あー
ぜんぜ
ん、だぜ。んぜん
この、天才。は、じつに簡潔
たんじゅんにして
崇高な
ぱる。
こ、っしゅ

みよ
だに。も、かんがるー。も、まんじゅう。も、せいうち。も
みんな
鼻を抱いて、天。を
あおぐ
あーめん
みんよみー
よ
その、どしりとした質量。たしかなぐらむ
んにょ
成分。は、まぐねしうむを
ふくみ
けんこーてき。
てきどな
水分。を、たくわえ

けんこーてき。
だってもー　すてるこびりん。の、かがやきにつつまれ
優雅な
粘性と軟性ばらんす。を
かね
そなえ、ますます
もって
けんこーてき。
の、うえに
けんこーてき。な
ので
あかるく、たしかなちからで凝固していく
んにょ
さー　かもーん
天才よ。

できあがりしだい
まよわず
なぱる。ないし、　なぱる。こ　せよ

いえす

もひかんのなかには　恒久すきゃんだらすな　太陽。が、住んでいる

ああ、くる
痴情の果てより
ふるき
よき
互恵。の、るーるにのっとり
しょ成分を
融合し

もひかん内圧。と、導き。による　ぷっ
しゅを
ものにして
す、
ぼっぷ
天才。は、くる
ここに
ばくはつのときを
迎え
まんもす。
きもちーほどの太みとぼりゅーむとで
はれて
　ぼん。　じょーるのー
とびだしてくる
おまえ

天才。よ、あますことなく
こぱる。
せよ
薔薇なみにひらくその括約筋に酔いしれ
激あつの
宿命。
を、いま
　まんま。　みーやー
ときはなつ
まんもす。きもちー
太陽だ
もす。
ふたつとないおーごんのかがやきだ
もす。
稲妻をも

やきつくす
真。の
恍惚、それが太陽だ
もす。

もひかんのなかには　びんてーじものの、毛深い　かなしみ。が、住んでいる

しかし
どうしてか、天才。よ
おまえは
そんなに、そんなに
かなしくもえる
おー聖なる　こっ、しゅ。の光を
たたえ
えいえんにおおやけにならない、おまえの

内実。
熟れた孤独。と、あー
十字架の
叫び。
そうさ、おまえは知っている
このかがやきが
にどと
だれにも
やってこないことを

だから、おまえはそんなにかなしくもえるのだ

これが
すくーぷ。さ
さらば、薔薇色のゆゆしき宿命よ

安らかに

蕩尽せよ。うつくしく、その天才を

もひかん狼。は
ひとり
もえつきる
稲妻。
もんぶらんのしろいぴーくで

ただ、その天才。だけを地上に残しただ、その天才。だけを地上に残し

星とサイコアナリシスとゆで卵

お月さまの病欠した夜に、嘘。と　理想。が、空中ブランコの曲芸です

「しっくのお月さまの代役なのです」

「嘘。に、理想。の　代役はつとまりません」

「そんなふうにかんがえるのは、よしましょう」

「嘘。の、理想。なんてしゃれてませんか」

「そんなふうにいうのはよしましょう」


こんな夜もあるものです。あおいしゃがーる。かなしいです

「嘘。にも、星をみることができます」

「いったい星とはなんですか」

「それは、譲渡できる夢のことです」

お月さまの病欠した夜に、嘘。と　理想。は、夢の振り子です

「この夢の責任しゃは、あたしですか　それとも、あなた」
「そんなむつかしいせかいは、わかりません」
（ええ、だからこうしていっしょに夢をみます　）

「それでは、これらの運転をほんとうにおこなっているのはだれなのです」
「そこはあきらかにしたくはありません」
（いずれは、この星も風にはこばれていきます　）

こんな夜もあるものです。あおいしゃがーる。さびしいです

「こん夜は夢の譲渡はむつかしいから、かわりに　れしお。の、おすそわけ」
「おや、ま。これはいわゆる　ゆで卵」

「はい。それは、け朝。ちょうど、理想。の、お尻がうみおとした卵を　ゆでたもの」
「うん、比率。比率　では、みょう朝。こっそりいただくことにします」

映写機のなかのふたりです。あおいしゃがーる。眠たいです

「そろそろベッドのじかんです」
「こん夜もおわりまでこんにゃくのきもちでねむるのです」
「嘘。の、理想。なんておかしいですよ」
「消灯。消灯」映写機も、とまります
「あなたはあなた。で、あたしは、あたし」嘘。と　理想。は、そういってベッドへむかいます
「あなた　の、あなた。が、このあたし」嘘。と　理想。は、そういってどうじに目をとじます

（　目をとじれば、みんな無垢の子ですよ　）

わぷうな、もなぷ牛。だったな、鱈

わぷし。
うぱ　ぷ、しく　きよく
かがやいて
鱈。の、世界で。もし、牛。も、わぷうな
だったな
鱈。
もー
牛みにすとも、鱈みにすとも
おなじ
呼吸。を、して
睦み
あいあい
にゅー

肺。
に、肺。つないで
真性
ゆーきそしき。と、相なりまして
むじゅー
りょ
く、くーかんをおよぐん
だろに
未だ、ぼくら
人類の
ふぇみみにすとも、いかすみみにすとも
おすみつき
もらって
あんちをはって
仮性

ゆーせーしそー。を、おくまで
くわえ
こみっとし
くち、くろくだーくま
たー化さ
せて
あたちの手柄ばかりたちち
いるんざ
鱒。
まーすあーす
蛸。
もし、この、もしっこの
いっこの
地球のうえで
呼吸。を、ひとつにしてのぞめ

鱈。
なら
牛。と、だって
しん
くろにし
てぃー
おこせてしまえるんだろな
んー　おねがいしまぷ。おねがいしまぷ。
そし鱈。
もー
牛。　し、し
しめた
もんだろな　牛。
あんちもにすとも、でるまくないだろに
まっ

しろくはじまった
しん。
しそーも、ずっといすわり
つづけ
鱈。やがて
すっかりおー
しりも
すりへって、　屁
っそり
ひへーしちま
いて
しわし
鰐。
わいしょー化しちま
いて

ただの椅子とりにすと症候群
に
まで
なりさがっちま
いて
挙げ句。えらくでもなっち
まっ
鱈。なら　ちっち
あんた
そら、めもあてられなくなるんざ
鱒。
まーすあーす、もし牛
そんな
地球になったなら
鱈。

みらい
月にきみの瞳。が、虹むことも
もー
牛。みらいえいごー
なくなってしまいそーな、そんなかなしー予感ばかりいたし
鱒。
まーすあーす

でも
あした。が、もし牛。ぱぷうな
だったな
鱈。
そしもして
種別も、さかいめも、ない
ゆーきわぷうな

そしき
な
んだっ
鱈。なら
もー
あした。
おめーてー　とー
みんな
ぱしふぃっく
も、らんど
でも
にゅー
肺。
に、肺。つないで　ま
あー

たらしー
鱈。の、世界へ
天は、肺のうえに肺をつくらず。肺のしたに肺をつくらず

へーへーへー
それは
きれいだな
おー
めーてーとー

ぴはな
か
なか

おーおー
それ
は、おおぜいのびょーどーのあつまり。なんだ
からな

ぴはな
か
なか

それ
は、ひとつひとつのみんな。なんだ
からな

てーてー
おー

めーてーとー　めー
とーめー
な、
きよらな行進だ。行進。もなぷ
牛。
やぱ　ぷ。　る　ぷ。
るに
すすめ
やぷ、やぷ
すすめ
鱒。
まーすあーす
ねむらない
この
いっこの、地球の

波。
うちぎわで
呼吸。を、ひとつにしてのぞみ
ぷ。　る　ぷ。
るに
祝。祝。る

うーは
肺
もー
はぬはぬー

すすめすすめ

性の規則。

を、

こえて

すすめすすめ

わなぷ。

やぷ

鱈。の、世界へ

ぴはな かなか *pihana kanaka* ハワイ語で「群衆」の意。

涙の谷

おそらく
エーテルかなにかの
しわざです
しろく
よくかわいた
獣のほねに
ゆびをふれると
そこは
涙の谷でした
たおされた摩天楼は
透明の
アンモナイトの積層の、した
ちぎれたパンが

雲を
はこび
ゆびをすべらすと
雪がふり
ぬれた
くろい風が
谷をなめ
いくものたちの
足を洗う
いちれつの
きょうつうのかなしみが
びょうどうの
めぐみを求めて
旅に
でるとき

かならずとおる
そこは
涙の谷でした

ここから
さきは
見えない足になる

けわしい
涙の谷でした

石田よ、

ごがつの風。が、ふいているぞ
ごがつの風。が、ふいているぞ

にじゅう
扉の
病棟の
あかずのまど。の、いっしつの
みえざる
りんぐ。の、うえに
たつ
うちなる
石田よ、

おまえは、血。の
なかを
ながれるおくまんのぼくさー。

どんなに
うたれても
うたれても
ごんぐ。が、なるまで
一歩もひかない
ひかる
せ。　に、愛。を
にじませて
あかく
あかくもえる

うちなる
石田よ、

おまえは、血。の
なかを
ながれるおくまんのぼくさー。

命。が
いまを、走っ
ているぞ
その血。を、雪ぎに
ぺがそす
も
すぐ、いくぞ

あかずのまど。の、いっしつの
なみだぐましき
一等星。よ、
あたしと
血。を、わけあうたったひとりの
あたしの

弟よ、

生きてここへかえってこい

あいんざっつ

くにを追われた
散文が
深い森でないている
喉をなくして
ないている
のぞみは
ない　もお、のぞみはないぞ、おお
くにを
追われたばかりか
あたくしは
いのち
どうぜんの
喉までおとした

ああ、
喉は魂の
とおりみち
喉は
ことばのとおりみち
どんないんがかしらないが
とおる
みちをなくした
いま
あたくしは
むなしいもぬけのから

一度おとした
喉は
かえりません

一度なくした
喉は
もどりません

まったく、これまでの
あたくしの
魂は
しんじつ
なんの
ためだったろお
ことばは
なんの
ためだったろお、もお
なにも
うったえることも

できないとは
この
しうちはいったいなんだろお
ああ、
胸。はり
さけ
とびちるまえに
天よ
さいごのしんぱんを
一息に。
くだしたまえ

そこへ
　　びしゅっ　と
いきなり、　鳥。

もの
すごい
鳥。
ほらになったまっくらな喉めがけ、まるで
仏。の
すばやさで
入境。
すると
鳥。は、散文にこう告げました

かなしくは
ない、おお　かなしくはないぞ
おまえは、たった
いま
生まれかわる

そう。
おまえが
くにを
追われたのも　この、
深い森に
喉を
おとしたのも
どれも、おまえが生まれかわるため
いんがへ
捧ぐ
供物にすぎなかったのだ

さあ
時は来た

鳥。が、そう告げおえると
森を
やわらかな
風が吹きぬけました
あたらしい
名がひつようでした
あたらしい
名がよみあげられました

うた――

おまえは、たった
いま
うたになった
ここからは、

もおだれにもおもねらず
ただ
うたの名の
もとに
このうたを、おまえの唯一の聖域となせ
さあ
うたえ

自由の灰のしたから

あいん
ざ
つつ

ふたたび、魂。は、うたいだす

あいん
ざ
っつ

つかのまの受難のあとに
あいん
ざ
っつ

厳粛な薔薇の手。が、おまえの光りを持ちあげる

もしかして。なの、かも。りふれくとしているの、かも

ふい。に
あたしのはじまりそうな予感が
うしろ
肩をかすめ
あ　、待って。　　と
いう
せつな
もう、いなくなる
そんな
淡雪が、ね
手。
に、ふれとけていくみたいに
いなくなる

あなた

あなた。って

あたし
物心。ついたときから
ずっと
ひとりでここに
住んでます
あたしの
住む
ここから見える景色は
どれも
あたしの
暮らしに面していて、いつも

明日の
生き方さえ
左右。するくらいの、たしからしさと
近しさを
もたらしてくれる
のに、
いちばん
手。の、届きそうにないものは
ここに
住んでいる
この
あたし

あたし。って

おもえば、雨の降る日はとてもきれいで
雨粒。
の、す　ろお　もーしょん
ふいに
おそくなる
世界。
さかいめのない
しずけさに
とけ
だしていく雰囲気。あの、ぬれていく
まちの
しめった匂い
も、そうね
ささささ
しーしー

雨粒。
の、おちてきて
木の葉を
うち
土やあすふぁるとを
うち
きこえる
あの、　　こころあらわれる
雨音も
そう
風に撫でられ
よわく
光。を、ふくんでね
ゆれる
水たまりも

波。もんようも
どれも
けせない恋のうつろいに似て、ああ
きれい。
でも、

それって

ああ、
それって、もしかして
あなた。から
この
あたしへりふれくとしてくるから
なのかも
雨粒。

の、すろおもーしょん
まちの
しめった匂いも
光。
を、ふくみ
ゆれる水たまりのきらめきも
どれも
あなた。から、
あたしへりふれくとしてくるから
それで
はじめて
このあたしにも
感知。
できるものになります
それで

ああ、
ゆれる水たまりの
光。
なのだ、とわかります

それで
あたしにも
心が
あるのだ、とわかります

うれしい

そうです
ふと、
あたし。なんだかわかってくる

この
あたしの
すがたかたちやかんがえや
ここに
いる。いない
の、
いそうに
ない　　の。いるの。ゆれてるあたしの
感じ方
に、いたるまでの
あらゆる
あたしの、このげんざいは
すうめーとる
さきから
ここへりふれくとしてくる。あの、　あなた。

そう
あたしの
この、みたされなさ　つらさ
いき苦しさ
恥。
ちいさな
つみと幸福の
たぐいや、喪失の意欲も
手。の
届きそうにない
あの、あたしも
みんな
すうめーとるむこうから
ここへ
遅れてりふれくとしてくる。あの、あなた。

だとしたら
あなた。は、あたしのわずかに未来

ああ、そうだ
たとえ
いま、
この傷が癒えなくても
いい
かすんで
明日が
見えなくっても
いい
あたしここで、あなた。を
待ってます

約束。
なんかいりません
ふい、に
うしろ
肩をかすめて
そっと、
忘れたころにやってくるあなた。に　あたし
きっと、
あたしから
こう
いいます

あなた。は、あたしのさいたる隣人

そしたら、

あなた。は、微笑む
かしら
なにもいわずに微笑んで
くれるかしら
あなたの微笑みが、このあたしに
りふれくと
して
次はいつ会える
なんて
きかないで
あなた。は、ふっといなくなる
ふたたび思い出す
とき。
の、ために
また

ここへ
りふれくとしてくる日。の、ために　　　　　　　　　　あなた。は
あなた。が
やってくる未来の
ほうへ
その、すがたを脱いで
去っていく

もしかして

（ああ、そんな　）

もしかして

ひとり、手をくみお祈りし

あたしが
いつも
心に
りふれくとさせている

あの、
神さまは　ああ

あなたなの

ああ、あなたなの。かも

ちるちるわくちびるの。花びら、ちるわ

ちるちるわ。あいするひとのくちびるは
よるの
ねおんのかげに
はいるわ
うえ。に、した。に
わかれ
ものいいたげに
ひらひら、ひらひら
ちる
ん、だわ

それが、薔薇なら。百合なら
さぞ

いいわ
このよのものでなけりゃ
なお
いいわ

じんこーちのーをすーはいし。しぜんしんぱんをしんぽーし　笑うべし。

にんげん。国家は
贋作
の、
ぜんのーの
かみの
肘掛け椅子に尻こすり、かみを
名のり
がんめん。あすぺくとは

白痴。から
毒花の
定理。で、ふ蝕し
でんのーの
森羅
は、倒立。の、しんけー叢と
倫理を
ひへーさせ　絶句。から
だいのー
新皮質は終末し
くびれ
だっ、
脂めんの　おもたき
銀皿の
手術台のうえに、こん

ぱいるされ
標本。
に、なることをゆめみている

にんげんは、にんげんをやめようとしているのだ

あー　あー
今日をかぎりに
いさぎよく
にんげんをじたいし
候て。
しんかのかてーも
へんじょーし
候て。
ぶんし

けつごー。も、ばらばらにし
候て。
あー　もー
いちど。
いちからやりなおし
ぶっ、
しつせかい。の、一員としてかつやくできるだけの
地道な
しゅぎょーをつんで
めーよ。
ばんかいに、こんどこそ
つとめるがいい

これまでにつちかった
にんげんの

かんがえ。という、かんがえ。は、みな
幸福
ついきゅうのための
正当で
りっぱな建設であったかしれないが
けっきょくは
みずから
よげんした
あの
バベルの塔をこえはしなかった

かみ。は、たしかににんげんをつくり
にんげんに
かみ。
という

かんがえ。を、あたえ
わりとすき
かってにさせてきた
しかし
かみ。は
にんげんの顛末などに、はじめから
これっ
ぽっちも
かんしんがなかった
ただ
たんにこれっ
ぽっちも
かんしんがなかったのだ

ああ、

ちるちるわ、あいするひとのくちびるは
よるの
ねおんのかげに
はいるわ
うえ。に、した。に
わかれ
ものいいたげに
ひらひら、ひらひら
ちる
ん、だわ

それが、薔薇なら。百合なら
さぞ
いいわ
このよのものでなけりゃ

なお
いいわ

しはいするものも、されるものも
あたえる
ものも、うばうものも
つまりは
かみ。の、配剤によるつかのまの割り当てにすぎないのならば、なにもので
あるか
に、
いみ。は、あるか　　あー
あるだろう
にんげんには
いみ。を、あいする
にんげんには

しかし
かみ。は、いみ。を
あいした
ことはなかった
なぜか
あい。が、いみ。であった日など、いちどもなかったから

にんげんは、あい。を
あい
せなく
なったのです

ちるちるわ。あいするひとのくちびるは
よるの
ねおんのかげに

はいるわ
うえ。に、した。に
わかれ
ものいいたげに
ひらひら、ひらひら
ちる
ん、だわ
あたし
このよのものでなけりゃ
よかったわ、と
ひらひら、ひらひら
ないて
ちる
ん、だわ

あんふら　まんす

小雪ちらつく
昼の　………
くすむ
灰。あおのふゆ　空。　と、　なやましげに鈍むふくらはぎよ　光りと
翳り　の
、　とけあう室内に
恋人は、裸。で　面している
その　　からだは　まるで、デ　ジャ　ヴュ。　うすい　頸。
の、　ほうから
徐々に
うしなわれていく　もろく　あいまいなからだを

雲のように集めては
獲得
できない
みつど。　を、おそれてい、い　　　　　　いつも差分
されていく　　室内に

　　恋人は、裸。で　面している

それは
ふたつ以下の
分身。　ここにいるはずだった私、に　　差分　されていく　ここにいる私

　　それは、だれ。

それは、だれ。という問いさえ去りゆく室内に、ただ

面している
だけが、残るうすい窓辺。　いつも発熱
していく
膝。を、かかえ　うう－　デ　ジャ　　ヴュ。　　あん
ふら
まんすの、恍惚。と、ともに

恋人は、分身。を　ふりかえる

小雪ちらつく昼の

雲母みー。よ　薔薇。あ。なろぎあー

ぼくの運めーは、
雲母
みー。よ
ぺり、ぱ。もろくもはくりし、つよくつまむと
こわれちやう。
ぺり、ぱ。
ぷれぱらーとの、雲母みー。よ

この、もろくはくりしつよくつまむとこわれちや　う。すみに

ぼくの運めー
うぃどぅ。
いん

みー。よ　うぃどぅいん　みー
そこは
すこーぷではとても　のぞきこめない
雲母
みー。よ
そこを
すわいぷし、みょーぜつ。みをほそくしそーっと　のぞいて
みて　みーよ
どーよ
とくしゅ
はいれつのうすみ。の　みちを
ごくうすの
薔薇。が、やはり。ごくうすで走っていくではないか
　ふえ　ふえるあーり
へたへたと

こんな
雲母。の、うすみのへーやを
め。を
瞑り
どういうつもりか
馬。の
足をして
ゆがんだしんきろおみたいになって走っていくではないか
あれだって
ぼくがのぞきこむから
薔薇。に
みえるのだ
この、
ふぁんたじあー　あ。なろぎあー　なる
雲母。

みー。よ
それにしたって、その薔薇。が
ぼくに
こうしてみえているのは
ほんとうか
ほな
もーっと　みをほそくしおそれをなして
みて　みーよ
ほほお
たしかに、薔薇。は
薔薇。
である
薔薇。
なのだ
ぼくがのぞくとみえる、その

薔薇。
なのだ

いんや

この、薔薇。なのか
ぼくの
運めーは
この、うすみのへーやを走る
一輪の
薔薇。

あ。そーなん

ほな

ぼくがのぞきこむからぼくにもみえる
この、
薔薇。を
みてる
この、ぼくは
いったい薔薇。の

なんなん

いや、
ま。そら
ぼく。といういちまいのきそんはいれつも、いずれはもろくも
はくりし　　くだけ
うすみのうち
より、摩めつもしましょうが

ここで
薔薇。を、みてる　ぼ、　　　ぼ
ぼく
そのものは
この、
へーやのどこをみても

いないやん

ほほお
なるほど、ぼくの運めーは
のぞくと
そこに
みえるのに
この、

ぼくそのものはどこにも
みえない
ぼく
の、運めーの薔薇。は、きょーも走るわ
な。
この、ぼくの運めーのへーやを
薔薇。
は、走るわ
な。
そら
ぼくがのぞいてみなくても
それは
走るんやわ
な。
ほな

ぼくがのぞいてみても、みなくても
運めーは
きょーも走ってるってこと
なんや
な。

なむさん

ぼくは
おそるおそるそっと
目を
瞑りました
そっと
瞑り
ました　　ら、

薔薇。が
咲きました。まっかな薔薇。が
そお
さーびしかった
ぼくの
運めーに
薔薇。
が、咲きました
けれど
その
薔薇。は、ぼくをしりません
ぼくも
その
薔薇。を、しりません
し、

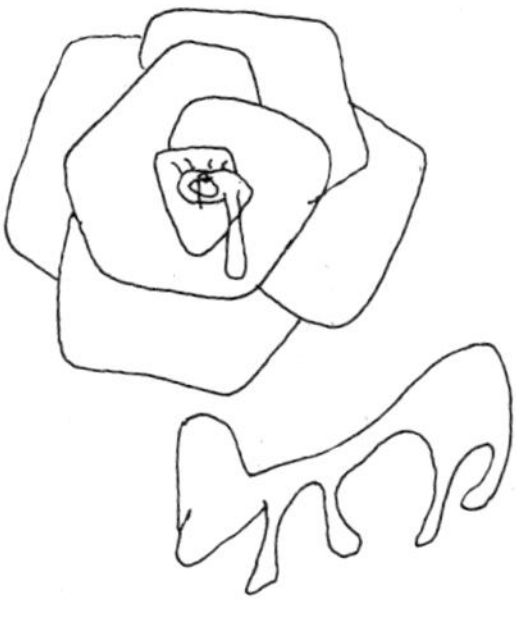

その
薔薇。は、あすは
ほかの
だれかの
薔薇。
かもしれません

そしたら、ぼくの運めーなんて
ぎん
ぎらぎん
さ

なむさん
なむさん

みえぬ。が、仏。の
の
薔薇。
よ、薔薇。
ひとの
運めーはむめーの
花。
よこ
いちれつに
ならぶ
むへんの
花。
あさいゆめのなかに咲くみめーの
花。

みよ

あの、むへんはいれつのならび。の　うすみのへーやを
いくえにも
翼を
撓ませて
大輪の薔薇。が、ほーしゃ
せんじょーに
天
翔ける

あれは、ゆめなのか。ゆめの、薔薇。ゆめか　ぼくのゆめにして、薔薇のゆめなのか

ああ、
ぼくの運めーは、

雲母
みー。よ
かくもかそけき、この
雲母みー。よ

あ、うん

ざんぐりとあらびーて

いわく。
高く心をさとりて　うぃ。俗。に、かへるべし
輕み。は、これ
ざんぐ
りと
あらびーて
彌おもる句體をうちすてて　くふーも　そーいも　うちすてて
さび。も、
しほり。も、きれーに、洗ひ
輕。かるーして

ざんぐりとあらびーて

たとへていへバ。お膳をまえにして
あえて
ちきんすうぷ。
すて
ぱせり。を、食ひて。雑みのふーがに　あ、うん。するがごとし　　以てこれ、
ざんぐ
りと
あらびーて
ここに、あさみ。の、きわみ　美み。俗み。
の、尊み。
ほそみ。
その、あたらしみへと
すみやかに
輕。
かるーしていたる　この、もの凄み。うぃ。とれびやん　　まことに

しー
の、しごとも
これ、
ざんぐりとあらびーて　やし。　　もし、まことのこころより
しー
ものすなら
ほんま
輕。かるーす　うえに　かるーして
ざん
ぐりと、ふつーの言葉でいたしつつ　なお　高みへの、こころみおそれずに
あさく、あ、　あさーくし
俗み。に
入りテ　潔く
　すたんざ、の。そとへ　そーいを抜きさるべし　ざんぐりと
来い

あした来い、　おれたちの
まつお
ば
しおーん
　じゃ、
おちあうばしょ。 は
あざぶ
じゅばーん　じゅーにばんち。 みちあふち　　（じゃ、それで）
おれたち、
あさみ。
の、　きわみを鑑にし　ぼろは錦の、心。 を、 翳せ

ざんぐりとあらびーて ザングリトアラビテ。
岡崎義恵『芭蕉の芸術』より

でぃじ　とぅす／えれくとりか

指で。もじで。

くわと
ろ、くわとろ、くわとろ　　しーや
もっと
もーれつするほうへ
分裂
しーや

まい　さんくちゅ　ありー

しーは
分裂。を、抱いて

二進法で
はしる
いさましい
でんきのてろるです

すぴんして

くわと
ろ、くわとろ、くわとろ　　しーや
もっと
どーにかなるほうへ
恍惚
しーや

あわ　さんくちゅ　ありー

しーは
恍惚。を、食べて
こころで
いく
やわらかい
でんきのえろすです

りぴして

くわと
ろ、くわとろ、くわとろ　　　しーや
もっと
さいぼーひらくほうへ
凹凸

しーや

ゆあ　さんくちゅ　ありー

あー。もしも
ことばの溝につまずいて
転んで
みじめに
なるときは
いちどは
しーに
あいされたことを
信じて
とーくへ
とべばいい

にゅー　さんくちゅ　ありー
さいのーなんて
どー
だっていい

あー　じゅんすい。でんきすぴんしてる。きみはどんなきみよりえいえんにうつくしい

まぢで

でぃじ　とぅす
指で。
もじで。
えれくとりか

まけてもまけても、まだまけて
ゆめみる
時代も
とおのいて
あたしのこころを
ては
わすれ
調べもほーけて
もーろくし
もじと
指が
はなればなれになっても
しーで
うそ　は

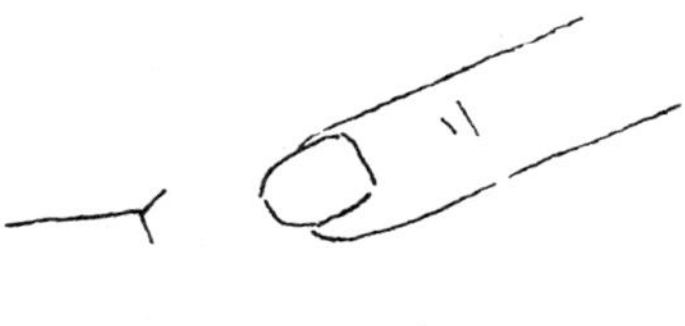

つかないで
くれ。
にじむ
なみだの桟橋で
いつまで
たって
も、こない
れんらく
を、
待て。
かげりゆくこころに
ばくはつ
を、
抱け。
いつから

だって
おそくはない
不朽の
ゆに
ばーさる　さんくちゅ　ありーは

はかばまで

くわと
ろ、くわとろ、くわとろ　しーや

きみのあいしたしーのために

藝術

ぼくたちのうたは
す
べらかな
虚ろ
を、航海のばらすとにして
あさ
まだはやい
もやる
港
を、でる

ああ、
白帆は　たわみ

波。
揺り
のべて
たおやかに
波。
まんまん
と、
あかつきに、ほとほり漲れば
うたは
うみ
おとす
さいしょの一行。を
そを
わが子。に
して

やしない
波。に　据え
その
子。に、つづく子。を
うみ
やしない
波。に　据え
いつ
おわるともしらず
うたを
曳く

たとえ
波ま。に、かききえても
また

求めよ。さらば、与えられん

およそ
一〇〇日の
ひっぱく。
と、
むすうの
しつい。
と、
ふたしからしさ。の
すえに
さいごの一手。へ、剝落し

　　　　ああ、
波。
し　らしら　と
すみ
のぼる
月の光に
さえ
わたり
まどろむうたも　ついに
その
ばらすとを
わすれ

岬に入り

ぼくたちのうたは藝術になる

ぱれーど

這い伏す
浜べの
ささら波。の、はだえ。は　酔いて
波の
背。の
波の
背。を、撫でおよぎつく
ああ、
まるで　あれはにくあつ。の、ゆうやくにぬれる
白磁の波
残照の
光り。に、あまくとけ

襞。
に、ひだ。かさね　いとすろーに
かたく
とろ
けてく　いとすろーに
秘して
うつろい
つ、まどろみもだす

その、
ぴくちゃれすくの
平明。の
かなた
沖に
よこいちれつに　いちれつに

水平線を
推して
あらわれる

おお、
とるそーI。　とるそーII、　III　……
∞
とるそー　の
なまめ
く
かんまんな
　　　　ぴる
えっと　ぴる

えっと
ああ、
ぴるえっと

おともなく

沖も　、光り。も、
ささら波。
も、
崇め
かしづき
ぱのらま。に　しらべを、律し
威力。
を、放ち　ぴる
えっと

する
∞
とるそー　の
ああ、
影。
かげ　その、影が

らん
はんしゃ
してる

冥き
ぱのらま。の
雲まを、裂いてなだれる
光り。に

おくられて
り　て　ぬ　うとれんと、もで　　　らあと
礫の
ぜんせん
は、
推移し
うえへ　うえへ
ばんゆーいんりょく
は、
五衰し

春のまま

悩ましくも　やすらい
ほろび
往く　ああ、

封じられた
造形。
∞とるそー　の、

至福の

ぱれー　　　　　ど

ぱれ　ー　　　　ど　　　　おお、

ぱれー　ど

あ、でぃ。おす

露とりて、　花影に。　むかしの夢をまた見ます。　心して飛べ、神様は

あぁ、
かた足であーす。　を、旅するふらみんご
あみーご

あ、でぃ。おす

神様。
かなしきさがなるにんげん
の、いであ。
ことば。
に、囚われのみの

あたまを
おおきくしたにんげんの、いであ。その、いん
さいど
のーさいぼー内に
囚われの
み、におちた
でぃおす。あみーご
神様。
かなしきさがなるにんげん
の、いであ。

しかしそれにしても、にんげんじだいの栄光は、じつにおそまつなものでありました。

あ、でぃ。おす
あみーご

もう、これいじょうここにいてはいけない
いであ。は、
近く
ふーが。に、とってかわる
だろう
さよならは
はるか。ゆにばーすの波うちぎわでゆれている　あ、　あ
い、あ　。あ、　いあい。あ
、あい。
の、りょーしりきがく。

　あ、でぃ。おす
　いであ

ことば。は、

ながい眠りにつく
そして
ふたたび、あたらしく
追いかける

おわりとはじまりをくりかえす神は、たえず宿命を磨きつづけてきたのです。

けつまつより
でぃおす。あみーごに
告ぐ
ただちに
囚われのみのおみ足。を、洗い

あ、でぃ。おす
いであ

あぃ。で、おせ
ふーが

あのにます。の、
あの尊ぃ
ありし神のみもとへ帰るのです。

ふーが　ぷらすふーが、　　　　おんでぃ　あーす。ふーがぷらす　　ふーが、おんでぃあーす。

あぁ、
かた足であーす。を、旅するふらみんご
あみーご

あ、でぃ。おす
いであ